Jakob Michael Reinhold Lenz

Zerbin; Oder die neuere Philosophie

in Großdruckschrift

Jakob Michael Reinhold Lenz

Zerbin; Oder die neuere Philosophie

in Großdruckschrift

Reproduktion des Originals.

1. Auflage 2023 | ISBN: 978-3-38705-854-3

Megali Verlag ist ein Imprint der Outlook Verlagsgesellschaft mbH.

Verlag: Outlook Verlag GmbH, Zeilweg 44, 60439 Frankfurt, Deutschland
Vertretungsberechtigt: E. Roepke, Zeilweg 44, 60439 Frankfurt, Deutschland
Druck: Books on Demand GmbH, In de Tarpen 42, 22848 Norderstedt, Deutschland

ZERBIN

Oder die neuere Philosophie

Jakob Michael Reinhold Lenz

O let those cities, that of plenty's cup
 And her prosperities so largely taste,
 With their superfluous riots hear these tears—*Shakespeare*

Wie mannigfaltig sind die Arten des menschlichen Elends! Wie unerschÖpflich ist diese Fundgrube fÜr den Dichter, der mehr durch sein Gewissen, als durch Eitelkeit und Eigennutz sich gedrungen fühlt, den vertaubten Nerven des Mitleids für hundert Elende, die unsere Modephilosophie mit grausamen LÄcheln von sich weist, in seinen Mitbürgern wieder aufzureizen! Wir leben in einem Jahrhundert, wo Menschenliebe und Empfindsamkeit nichts Seltenes mehr sind: woher kommt es denn, daß man so viel Unglückliche unter uns antrifft? Sind das immer Unwürdige, die uns unsere durch hellere Aussichten in die Moral bereicherten Verstandesfähigkeiten als solche darstellen? Ach! ich fürchte, wir werden uns oft nicht Zeit zur Untersuchung lassen, und, weil wir unsere Ungerechtigkeiten desto schöner bemänteln gelernt haben, aus allzugroßer Menschenfreundschaft desto unbiegsamere Menschenfeinde werden, die zuletzt an keinem Dinge außer sich mehr die geringste moralische Schönheit werden entdecken können, und folglich auch sich berechtigt glauben, an dem menschlichen Geschlecht nur die Gattung, nie die Individuen zu lieben.

Folgende Erzählung, die aus dem Nachlaß eines Magisters der Philosophie in Leipzig gezogen ist, wird, hoffe ich, auf der großen Karte menschlicher Schicksale verschiedene neue Wege entdecken, für welche zu warnen noch keinem unserer Reisebeschreiber eingefallen ist, ob schon unser Held nicht der erste Schiffbrüchige darauf gewesen.

Zerbin war ein junger Berliner, mit einer kühnen, glühenden Einbildungskraft, und einem Herzen, das alles aus sich zu machen verspricht, einem Herzen, das seinem Besitzer zum voraus zusagt, sich durch kein Schicksal, sei es auch von welcher Art es wolle, erniedrigen zu lassen. Er hielt es des Menschen für unwürdig, den Umständen nachzugeben, und diese edle Gesinnung (ich kenne bei einem Neuling im Leben keine edlere) war die Quelle aller seiner nochmaligen Unglücksfälle. Er war der einzige Sohn eines Kaufmanns, der seine unermeßlichen Reichtümer durch die unwürdigsten Mittel zusammengescharrt hatte, und dessen ganze Sorge im Alter dahin ging, seinen Sohn zu eben diesem Gewerbe abzurichten. Sein Handel bestand aus Geld, welches er auf mehr als jüdische Zinsen auslieh, wodurch er der Wurm des Verderbens so vieler Familien geworden war, deren Söhne sich, durch ihn gereizt, aufs Spiel gelegt hatten, oder zu andern unwiederbringlichen Unordnungen gebracht worden waren. Umsonst, daß er itzt seinen Sohn in alle den Kunstgriffen unterrichtete, womit er die Unglücklichen in sein Netz zu ziehen gewohnt gewesen, umsonst, daß er ihm vorstellte, wie leicht und bequem diese Art zu gewinnen sei, umsonst, daß er, wegen seines offenen Kopfs, und der an ihm sich zeigenden Talente, alle mögliche Liebkosungen affenmäßig an ihn verschwendete: Zerbins Gradheit des Herzens (soll ich es lieber Stolz nennen?) drang durch, und weil er sahe, daß die Grundsätze seines Vaters allen möglichen Gegenvorstellungen des Kindes entwachsen waren, und er doch am Ende der Obermacht der väterlichen Gewalt nicht würde widerstehen können, so wagte er einen herzhaften Sprung aus all diesen Zweideutigkeiten und, ganz sich auf sich selbst verlassend, entlief er seinem Vater, ohne außer seinem Taschengelde einen Heller mitzunehmen.

Sich selbst alles zu danken zu haben, war nun sein Plan, sein großer Gedanke, das Luftschloß aller seiner Wünsche. Und weil er von jeher außerordentliche Handlungen in den Zeitungen mit einem Enthusiasmus gelesen, der alle andere Begierden in ihm zum Schweigen brachte, so war sein fester Gesichtspunkt, den ihm nichts auf der Welt verrücken konnte, nun, unter einem fremden Namen, sich bloß durch seine eignen Kräfte emporzubringen, sodann als ein gemachter Mann zu seinem Vater zurückzukehren, und ihn, zur Ersetzung des von ihm angerichteten Schadens, zu außerordentlichen Handlungen der Wohltätigkeit zu bewegen, oder wenigstens nach seinem Tode seine Erbschaft dazu zu verwenden, um auch von sich in den Zeitungen reden zu machen. Meine Leser sehen, daß wir unsern Helden im geringsten nicht verschönern. Die edelsten Gesinnungen unserer Seele zeigen sich oft mehr in der Art, unsere Entwürfe auszuführen, als in den Entwürfen selbst, die auch bei dem vorzüglichsten Menschen eigennützig sein müssen, wenn ich den Begriff dieses Worts so weit ausdehnen will, als er ausgedehnt werden kann. Vielleicht liegt die Ursache in der Natur der menschlichen Seele und ihrer Entschließungen, die, wenn sie entstehen, immer auf den Baum der Eigenliebe gepfropft werden, und erst durch die Zeit und Anwendung der Umstände ihre Uneigennützigkeit erhalten. Man lobpreise mir, was man wolle, von Tugend und Weisheit; Tugend ist nie Plan, sondern Ausführung schwieriger Plane gewesen, mögen sie auch von andern erfunden sein.

Er wandte sich in Leipzig zuerst an den Professor Gellert, den er, durch eine lebhafte Schilderung seiner dürftigen Umstände, und durch alle mögliche Zeichen eines guten Kopfs, leicht dahin bewegte, daß er ihn unentgeltlich in die Zahl seiner Zuhörer aufnahm, und ihm zugleich eine Menge Informationen in der Stadt verschaffte, mit denen er, so sparsam sie ihm auch bezahlt wurden, Kost und Wohnung bestreiten konnte. Gellerts Moral war, wie natürlich, sein Lieblingsstudium; er schrieb sie Wort für Wort nach, zeigte aber seine Hefte keinem Menschen, sondern, wenn er durch öftere Lesung recht vertraut mit ihnen worden war, verbrannte er sie, um sie desto besser im Gedächtnis zu behalten.

Er trieb nach und nach auch andere Wissenschaften, und es glückte ihm, durch seinen offenen Kopf, geheimen, ungezierten Fleiß, und beständigen Glauben an den guten Ausgang seiner Bemühungen, daß er von dem Professor Gellert zum Führer und Mentor eines reichen jungen Grafen aus Dänemark empfohlen werden konnte. Er disputierte auch über eine sehr wohl ausgearbeitete gelehrte Abhandlung von der Unmöglichkeit, die Quadratur des Zirkels zu finden, und erhielt dadurch die Erlaubnis, als Magister der Mathematik, ein Privatkollegium über die doppelte Baukunst, und ein anderes über die Algebra zu lesen, von der er ein großer Liebhaber war. Übrigens gewann er dem Grafen, durch seine ihm natürliche Anhänglichkeit an andere Leute, und Teilnehmen an ihre kleinsten Umstände, sein ganzes Vertrauen ab.

Wie schlüpfrig sind doch die Pfade durchs Leben! Wie nah sind wir oft, wenn wir den sichersten Gipfel unserer Wünsche erreicht zu haben meinen, unserm Untergange! O du, der du die Herzen der Menschen in Händen hast, und ihnen nach ihrem innern Wert auf die Schale legst: sollten die besten Menschen nicht oft im Fall sein, deine Waage anzuklagen? Aber du wägst in die Vergangenheit und in die Zukunft, wer darf rechten, wer kann bestehen vor *dir*? Glücklich das Herz, das, bei allen scheinbaren

Ungerechtigkeiten seines Schicksals, noch immer die Hand segnen kann, die ihn schlägt!

Unser Held war bis hieher seinem großen Zweck immer näher gerückt, aber er hatte andere Wünsche, andere Begierden, die auch befriedigt sein wollten. Er hatte ein reizbares, für die Vorzüge der Schönheit äußerst empfindliches Herz. Mäßigkeit und Gesundheit des Körpers und Geistes hatten sein Gefühl fürs bessere Geschlecht noch in seiner ganzen Schnellkraft erhalten, und seine moralischen Grundsätze schienen Winde zu sein, dieses Feuer immer heftiger anzublasen. Er war oft ganz elend, so elend, daß er erschöpfte Wollustdiener, unter denen sein Graf auch war, um ihre Gleichgültigkeit, und den Geist freilassenden Kaltsinn beneidete; sah er aber das ungeheure Leere, das alle ihre Stunden, selbst ihre Vergnügen, belastete, sah er, wie jämmerlich sie sich winden und zerren mußten, um wieder einmal einen Tropfen Freude an ihren Herzen zu fühlen; so tröstete ihn das wieder über seine innerlichen Leiden, und machte sie ihm unendlich schätzbar.

Der Graf Altheim war, bei seiner Ankunft in Leipzig, an einen der reichsten Bankiers empfohlen worden, der aus einem gewissen Eigensinn sich nie verheiraten wollte, sondern, mit seiner einzigen jungen und sehr schönen Schwester, eine der glänzendsten Haushaltungen in ganz Leipzig führte. Die Bekanntschaft in dem Hause des Herrn Freundlach (so hieß der Bankier), vielleicht auch die öftern

Vorstellungen Zerbins, hatten ihn von seinen vorigen Ausschweifungen mit Frauenzimmern von verdächtigem Rufe zurückgebracht; er war übrigens eine der wächsernen Seelen, die sich gar zu gern von andern lenken lassen, weil sie zu bequem, und am Ende zu unvermögend sind, ihren Verstand selber zu brauchen. Er wollte keinem Menschen Übels, außer wenn er gegen ihn durch andere war aufgebracht worden, alsdann aber war sein Zorn auch unversöhnlich, solange das Maschinenwerk des fremden Verstandes, der ihn in Bewegung setzte, fortwirkte. Er hatte Zerbinen auf zu viele Proben gesetzt, um ihm nicht uneingeschränkt zu trauen; solange der also das Regiment in seiner Seele führte, ging alles nach Wunsch, und er hatte so viel Achtung für ihn, daß er ihm allemal seine Pension von seinen Wechseln voraus bezahlte, aus Furcht, er möchte durch jugendliche Verschwendungen in die Notwendigkeit gesetzt werden, Zerbinens Finanzen in Verwirrung zu bringen.

Ganz anders ging es, als eine weibliche Gewalt sich des Zepters in diesem Herzen bemächtigte. Freundlach hatte eine Schwester; die Grazien schienen bei ihrer Geburt in Beratschlagungen gesessen zu sein. Alles war auf ihrem Gesicht, auf ihrem Körper vereinigt, was bezaubern konnte, große schwarze Augen, die mehr sagten, als sie fühlte, Mienen, welche ebensoviel Netze für die Freiheit der Herzen waren. Zu unserer Ritter Unglück fing das unfreundliche zweiundzwanzigste Jahr leis an ihre Tür zu klopfen an, zu dem sich die grauenvolle Idee einer alten Jungfer in scheußlicher Riesengestalt gesellte, und den ersten ruhigen Augenblick abzuwarten schien, um sie mit all ihren Schrecknissen zu überfallen. Sie hatte bis in ihr zwanzigstes Jahr kokettiert, das heißt, mit der sorgenfreiesten Seele von der Welt, nur an den Kützel gedacht, täglich einige zwanzig wohlfrisierte Anbeter mit den untertänigsten Reverenzen unten an ihrem Fenster vorbeikriechen zu sehen, jeder in Gedanken der Glückliche, jeder der Betrogene. Diese Arten von Wallfahrten waren das einzige Mittel, das ihre Reize, ihren guten Humor, ihre ganze Wohlhäbigkeit erhalten konnte, so daß jeder regnige Herbst- oder Wintertag ein wahrer Leidenstag für sie war. Sodann sanken all ihre schönen Gesichtszüge; sie kroch in einen Winkel; schlug einen Roman auf, der ihr nicht schmeckte, und in den sie kaum zwei Zeilen gelesen hatte, wo nicht gleich ihre Gedanken sich an andere Gegenstände hefteten, und so ineinander verwirrten, daß ihr das Buch aus der Hand fiel, und sie wie aus einem tiefen Traum erwachte. So schlich ihr Leben, vom vierzehnten, bis zum zwanzigsten Jahr, in einem ewigen Dakapo unbedeutender Eroberungen hin, die, wie die Seifenblasen womit Kinder spielen, oft aneinander zerplatzten. Sehr oft hatte ihr ihre kleine scheckige Phantasie ihre Liebhaber und deren Handlungen auch in einem falschen Licht vorgespiegelt, so daß sie bisweilen ganz irre an ihnen ward, und ihre ungereimtesten, zufälligsten

Handlungen in einen Roman zu bringen sich zermarterte, über den sie sich oft zu ihrem größten Verdruß sehr spät die Augen mußte öffnen lassen.

Wie gesagt, dieser Zustand konnte nicht immer fortwähren; sie mußte auf eine Versorgung denken. Schönen, die Männer haben wollen, sind wie eine Flamme im Walde, die desto heftiger um sich frißt, je mehr Widerstand sie antrifft. Nichts, nichts wird verschont, alle mögliche Kunstgriffe werden angewandt, was sich ihnen in Weg stellt, muß brennen. Unser unerfahrne Zerbin war das erste Schlachtopfer dieses weiblichen Alexandergeistes. Nicht daß ihre Bemühungen auf ihn selbst abgerichtet waren, sondern er sollte das Instrument in ihrer Hand sein, auf ein andres Herz Jagd zu machen.

Hohendorf, ein sächsischer Offizier, der in Leipzig bei unserm Zerbin die Kriegsbaukunst erlernte, hatte gleichfalls ein Empfehlungsschreiben, und durch dasselbe einen freien Zutritt bei Freundlach. Er war ein junger wohlgewachsener Mensch; Mademoiselle Freundlach hatte ihn durch hundert kleine Streiche, die bei ihr freilich unbedeutend waren, an sich gezogen; ihr gefielen seine leidenschaftlichen Stellungen, seine oft bis zum Erhabnen beredte, oft bis zum Kindischen läppische Sprache, seine Aufmerksamkeiten, seine Serenaden, seine Ausgaben ohne Überlegung, die sich alle aus Fehlschlüssen herschrieben, und mit Fehlschlüssen endigten. Das einzige wunderte sie, konnte sie mit ihrem gesamten Verstande nicht klein kriegen, daß er ihr nie etwas vom Heiraten vorsagte, da er doch sonst hundert Albernheiten zu ihren Füßen beging. Die wahre Ursache davon aber war, daß er schon eine Frau hatte, zwar nur von der linken Seite, der er aber ein besiegeltes Versprechen, sie gleich nach seines Vaters Tode zu heiraten, in den Händen ihres königlichen Notars hinterlassen hatte, und die mit ihren zwei Kindern gewiß nicht ermangelt haben würde, sobald sie von einer neuen Verbindung gehört hätte, der Braut ihren untertänigen Glückwunsch abzustatten. Ob Mademoiselle Freundlach was davon gemerkt, weiß ich nicht, genug, sie fing an, seit einiger Zeit in alle Beteuerungen und Feierlichkeiten Hohendorfs Mißtrauen zu setzen.

Altheim war ganz ein anderer Mensch; gerade zu, ohne Arges, nicht so hinterm Berge haltend, nicht so unerklärbar, als Hohendorf. Das war ein Mann für Renatchen (so hieß Mademoiselle Freundlach), der ihr wenigstens ihr kleines Köpfchen nicht zerbrach. Es kam nur darauf an, ihn in dem Grad verliebt zu machen, als Hohendorf war; das fand aber anfangs ein wenig Schwierigkeit. Er hatte zu viel Wasser in seinem Blut, zu dickhäutige Nerven; das Feuer ihrer Augen konnte den Thermometer so geschwind nicht steigen machen. Das erste, das ihr bei dieser Verlegenheit in den Wurf kam, war Zerbin; die Kälte des Grafen schien ihr nicht die Frucht einer ohnmächtigen Natur, sondern einer durch lange Verschanzungen bebollwerkten Überlegung. Sie machte also einen Plan, diese Festung zu unterminieren, den unser scharfsinnige Kriegsbaumeister einzusehen zu unwissend war, ein Triumph, der ihrer aufgebrachten Einbildung mehr schmeichelte, als Alexandern die Eroberung von Babylon; und ihr erster Angriff war auf Zerbinen gerichtet, den sie für den Kommendanten dieses Platzes hielt.

Zerbin! Dieser unerfahrne, ungewahrsame, mit allen Ränken weiblicher List so gänzlich unbekannte Hauptmann: wie hätte der einem Angriff von der Art lange widerstehen können? Es hatte sich noch nie ein Frauenzimmer die Mühe genommen, seine Unschuld zu erschüttern, da er nicht reich, und noch weniger angenehm war, obgleich seine äußere Gestalt ziemlich gut ins Auge fiel. Er wußte keine einzige, ich sage keine einzige von den Millionen artiger Kleinigkeiten, mit denen Frauenzimmer von gutem Ton heutzutage unterhalten werden; er stand wie Saul unter den Propheten, sobald er in eine Gesellschaft von Damen trat. Er sah lauter überirdische Wesen außer seiner Sphäre an ihnen, für die er, weil er kein einziges ihrer Worte und Handlungen begriff, noch einsah, eine so tiefe innerliche Ehrfurcht fühlte, daß er bei jeder Antwort, die er ihnen geben mußte, lieber auf sein Angesicht gefallen wäre, und angebetet hätte. Mit einem solchen Gegner war freilich der Sieg nicht halsbrechend; den ersten Abend, als er nach Hause kam, aß er keinen Bissen;

die Nacht brachte er schlaflos auf stechenden Federn zu; den Morgen verunglückten alle seine algebraischen Rechnungen, und er sah sich genötigt, eine Kur vorzuschützen, und seine Zuhörer einen Monat lang zu entfernen, um sich vor ihnen nicht lächerlich zu machen. Hohendorf blieb demungeachtet sein vertrautester Freund, und er war so übermäßig treuherzig gegen ihn, ihm im geringsten nicht den Vorzug merken zu lassen, den er in Renatchens Herzen zu haben schien, sondern alles das mit seiner Schüchternheit so wohl zu bemänteln, daß er ihm sein ganzes Vertrauen abgewann. indessen betrog ihn diese Schüchternheit wohl zuweilen selber und es fing sich ein Gespenst in seinem Herzen an zu regen, das er vorher kaum dem Namen nach kannte, die unbändigste Eifersucht, die jemals an der Leber eines Sterblichen genagt hat. Diese, weil er sie des Tags über unterdrückte, machte sich in der Nacht Luft, und machte ihn bisweilen in ein lautes Stöhnen und Weinen ausbrechen, das Altheim, der in einem Zimmer mit ihm schlief, nicht unaufmerksam lassen konnte.

Eine der originellsten Szenen war es, Zerbin mit Renatchen, Hohendorfen und Altheim Triset spielen zu sehen. Jede Karte hatte in des armen Liebessiechen Ideen eine Bedeutung, deren geheimer mystischer Sinn nur ihm, und seinem Abgott anschaulich war, und sie dachte gerade bei jeder Karte nichts. Er spielte erbärmlich, und machte sie eine Partie nach der andern verlieren, und wenn sie im Ernst böse auf ihn ward, hielt er das für die feinste Einkleidung ihrer unendlichen Leidenschaft für ihn, die kein anderes Mittel wüßte, sich ihm, ohne von den andern bemerkt zu werden, verständlich zu machen. Sie, die außer dem Interesse ihrer großen Passion, kein anderes kannte als das elende Interesse des kleinen Kartenspiels, konnte, wenn er ihr mit allen zehn Karten in der Hand, das Herz-As anspielte, in Feuer und Flammen geraten, das er alles sehr wohl zurechtzulegen wußte, und in ihren heftigen, oft unbescheidenen Verweisen allemal verstohlne Winke der Zärtlichkeit, oder wohl gar das Signal zu einem Rendezvous zu entdecken glaubte, nach dem er sich den andern Tag die Beine ablief, ohne jemals ihr Angesicht zu sehen. Der würde ihm einen üblen Dienst geleistet haben, der ihn auch nur von fernher auf die Spur geholfen hätte, was der wahre Bewegungsgrund ihrer ganzen Maskerade gegen ihn sei. Er soll einmal wirklich die ganze Nacht unter ihrem Fenster gestanden haben, weil sie ihm auf seine Invite in Koeur das Neapolitain in Karo gebracht hat, das er, wegen seiner viereckigen Rautenfigur, für ein unfehlbares Zeichen eines Rendezvous unter dem Fenster hielt.

Es dauerte nicht lange, so drang Altheim in seinen Kummer; das heißt, Zerbin gestand ihm, daß die Reize Renatchens nicht die Reize eines Menschen, sondern der Gottheit selber wären, die sich unter ihrer Gestalt auf Erden sichtbar zeigen wollen. Altheim ward mitleidig mit seinen nächtlichen Seufzern, er ward neugierig—lüstern, verliebt. Der Stolz, Zerbinen selbst, und auch Hohendorfen, ihre vermeinte Eroberung streitig zu machen, beschleunigte seine verliebte Bekehrung. Zerbin merkte dies, denn was merkt das Auge eines Liebhabers nicht, er fing an, die Verzweiflung, die bisher auf seinem Gesicht gewütet hatte, in sich hineinzukehren, und unter einer lachenden Miene zu verbergen. Er ward gewitzigt, gescheut, erträglich in Frauenzimmergesellschaften, und darum nur desto unglücklicher, da er seinem Herzen nie Luft lassen durfte und der verborgene Gram desto giftiger mit Skorpionenklauen dran zwickte. Er sah nun deutlich aus der plötzlichen Verwandlung Renatchens gegen ihn, daß alle ihre Anlockungen nur ein blinder Angriff gewesen waren, der eigentlich seinem Herrn gegolten hatte. Die Wunde war geschlagen, er blutete—und niemand hatte Mitleiden mit ihm. Sie tat kalt, spröde, bisweilen gar verächtlich gegen ihn, um ihn völlig aus seinem Irrtum nüchtern zu machen, nur, wenn sie merkte, daß sein Stolz zu tief gekrümmt worden war, bekam er einen aufmerksamen Blick, um nicht, wie Petrarch sagt, die Demut, die zu tief hinabgedruckt wird, zur Wut zu entflammen. Wer war unglücklicher, wer war erleuchteter, als er itzt, über die große Triebfeder weiblicher Seelen? Er sah, daß kein andrer Weg für ihn übrig war, noch bei vollem Verstande zu bleiben, als das Haus auf immer zu meiden, und seinen Wohltäter in dem Besitz der schönen Beute zu lassen. Er setzte sich's fest vor, brach es ein paarmal, setzte sich's wieder vor, schwur sich's, bis er endlich Meister über sich ward, und nun von Altheimen im Namen seiner Geliebten große Vorwürfe darüber erwartete: aber leider! man vermißte ihn nicht einmal.

Itzt nahm sein Schicksal eine tragischere Wendung. Daß des Menschen Herz ein trotzig und verzagtes Ding sei, ist ein Gemeinspruch, der auch den Allereinfältigsten auf den Lippen schwebet, den aber, wenn er sich an uns selbst wahr macht, kein menschlicher Scharfsinn, wär' es auch des größtmöglichen universellsten Genies, daß ich so sagen mag, auf der Tat ertappen, und ihm mit gehörig zubereiteter Brust begegnen kann. Wir schwanken immer, müssen zwischen Hoffnung und Verzweiflung schwanken; die am kühnsten beflügelte Seele schwankt desto fürchterlicher. Glücklich, wessen starkgewordene Vernunft in dieses Schwanken selbst ein gewisses Gleichgewicht zu bringen weiß!

Zerbin verzagte nun an sich und an der Möglichkeit geliebt zu werden, das gewöhnliche Schicksal der edelsten Seelen, die ihr Unglück nicht zufälligen Umständen, sondern ihrer eigenen Unwürdigkeit zuzuschreiben so geneigt sind. Der Geck weiß sich aus einer solchen Verschiebung sehr geschwind herauszufinden, bei dem edlen Mann aber frißt sie, wie ein Wurm, an der innern Harmonie seiner Kräfte. Alle seine langgehegten und gewarteten Vorstellungen, Empfindungen und Entwürfe liegen nun auf einmal, wie auf der Folter ausgespannt, verzerrt und zerrissen da; der ganze

Mensch ist seiner Vernichtung im Angesicht. Er erholte sich zwar wieder, seine Seele nahm ihre vorige Schnellkraft wieder, aber nur um desto empfindlicher und untröstbarer zu leiden.

Unterdessen nahmen die Negoziationen zwischen Altheim und Renatchen ihren erwünschten Fortgang, und Hohendorf, der dieses nur zu bald inneward, verzweifelte darüber. Er kam oft zu Zerbinen, der, hinter zugezogenen Fenstergardinen, in mathematischen Büchern vergraben saß, in denen er leider! oft den ganzen Tag emsig las, ohne doch zwei Zeilen zu verstehen, auch an die erste Seite immer wie gebannet blieb, so sehr hatten seine Gedanken, wie ausgerissene unbändige Hengste, einen andern Weg genommen. Das Studium lag; alle seine Schüler verließen ihn; Hohendorf allein blieb ihm, doch mehr um ihm seine Not zu klagen, als Festungen erobern zu lernen. Zerbin hörte alle seine Klagen, Verwünschungen, Schmäh- und Lästerungen über Altheim und Renatchen mit großer Geduld an, und hatte nie das Herz, die seinigen dazuzufügen, sondern akkompagnierte ihn aufs höchste mit einigen halberstickten Seufzern, oder einem frostigen Lachen und einer so sokratischen Miene, daß er den Scharfsichtigsten selber betrogen haben würde, weil er fest entschlossen war, und einen gewissen Reiz drin fand, sich mit dieser erkünstelten Gleichgültigkeit das Herz abzustoßen.—Äußere Umstände kamen dazu; Altheim blieb der warme, sorgsame

Freund nicht mehr für ihn; zwei Passionen können das Herz eines gewöhnlichen Menschen nie zu gleicher Zeit beschäftigen; dazu kam eine gewisse Art von Zurückhaltsamkeit gegen ihn, weil er ihn selbst in Renatchen verliebt gewußt hatte. Ihr Umgang war kalt, trocken, mürrisch; er ging des Morgens früh aus dem Hause, und kam des Nachts spät heim; sie wurden sich so fremd, daß sie sich füreinander zu fürchten anfingen. Der Tod der Freundschaft ist Mißtrauen: seine Wechsel kamen an; er vergaß Zerbinen die Pension auszuzahlen; Zerbin war zu stolz, ihn zu mahnen; er wollte sich im geringsten nicht bloß geben, daß er die Veränderung seines Herzens gegen ihn merkte. Das Gefühl der Freundschaft ist so zart, daß der geringste rauhe Wind es absterben macht, und oft in tödlichen Haß verwandelt; die Liebe zankt und söhnt sich wieder aus; die Freundschaft verbirgt ihren Verdruß, und stirbt auf ewig. Zwei Freunde sehen nur ein anders gestaltetes Selbst aneinander; sobald diese Täuschung aufhört, muß ein Freund vor dem andern erblassen und zittern.

Zerbin, der außer Wohnung und Tisch nichts frei hatte, fing an, die Notwendigkeit einzusehen, seinem Schmerz, dessen Gegenstand nicht edel genug war, ihn auf die Länge bei sich selbst zu rechtfertigen, einige Zerstreuung zu geben. Er wollte das Schauspielhaus, die Kaffeehäuser besuchen, um nicht von dem Alp Hypochonder erdrückt zu werden, der sich so gern zu einem Kummer gesellt, der durch keine

Leidenschaft mehr veredelt wird. Alle seine Gelehrsamkeit hatte aus seinem Kopf Abschied genommen; er mußte wie ein Schulknabe wieder von vorn anfangen, und, was das schlimmste war, stellte sich ihm Renatchen, und alle mit ihr sich eingebildete Freuden, wie eine feindselige Muse, bei jedem Schritt im Wege, und riß, wie jenes Ungewitter vor Jerusalem, in der nächsten Stunde alles wieder ein, was er in der vorigen mit Mühe gebaut hatte. Meine Leserinnen werden vielleicht bei dem ersten wahren Gemälde einer Männerseele erstaunen, vielleicht aber auch bei ernsthafteren Nachdenken den Unglücklichen bedauren, der das Opfer einer so unredlichen Politik ward. Wie gesagt, seine Schüler verließen ihn; der Mangel nagte und preßte; er geriet in Schulden—und das—weil er zu verschämt, zu stolz—vielleicht auch zu träge war, jemand anders anzusprechen, bei seiner Aufwärterin, die er, sobald er sich das Herz genommen haben würde, Altheimen zu mahnen, mit Interessen zu bezahlen hoffte, sich also dadurch die Erniedrigung ersparte, andern Leuten Verbindlichkeiten zu haben.

Altheim wußte indessen allen Wendungen Renatchens zu einem förmlichen Heiratsverspruch so geschickt auszuweichen, daß sie es endlich müde ward, auf neue Kunstgriffe zu sinnen, und sich lieber der angenehmen Sicherheit überließ, die die größten Helden des Altertums so oft vor dem Ziel aller ihrer Unternehmungen übereilte. Sie suchte nun aus seiner Leidenschaft alle nur mögliche Vorteile für den gegenwärtigen Augenblick zu ziehen, und, da der Graf nichts weniger als geizig war, verschwendete er unermeßliche Summen, ihr tausend Abwechselungen von Vergnügen zu verschaffen. Beide dachten an Vermeidung des Argwohns und an die Zukunft nicht; böse Zungen sagten sogar schon in der Stadt sich ins Ohr, ihre Bekanntschaft sei von sichtbaren Folgen gewesen. Ein Teil dieser Nachreden mochte sich auch wohl von Hohendorf herschreiben; sie bekamen sie selber zu Ohren, ohne sich darüber sehr zu kränken, oder ihre Aufführungen behutsamer einzurichten, so daß man am Ende Renatchen überall nur *die Gräfin* nannte.

Zerbin hörte diese Benennung und viel ärgerliche Anekdötchen in allen Gesellschaften, die er noch besuchte; seine Göttin so von ihrer Würde herabsteigen, so tief erniedrigt zu sehen, konnte nicht anders, als den letzten Keim der Tugend in seinem Herzen vergiften. Er suchte sich eine bessere Meinung vom Frauenzimmer zu verschaffen, er suchte sein Herz anderswo anzuhängen; es war vergeblich. Der Herr des Hauses, das er und der Graf zusammen bewohnten, hatte eine Tochter, die dem Bücherlesen ungemein ergeben war, und sich zu dem Ende ganze Wochen lang in ihr Kabinett verschloß, ohne sich anders als beim Essen sehen zu lassen. Er beredete den Grafen, ihm bei seinem Hausherrn die Kost auszudingen, welches der mit

Freuden tat, weil dieser Tisch wohlfeiler, als der im Gasthofe, war, und er zu seinen verliebten Verschwendungen jetzt mehr als gewöhnlich zu sparen anfing. Zerbin suchte bei Hortensien (so hieß die Tochter seines Wirts) wenigstens den Trost einer gesellschaftlichen Unterhaltung—aber leider! mußte er auch hier die gewöhnliche Leier wieder spielen sehen. Sie legte alles, was er redte und tat, als Anstalten zu einer nähern Verbindung mit ihr aus, zu der sie denn auch nach der gewöhnlichen Taktweise einen Schritt nach dem andern ihm entgegen tat. Es ist ein Mann, sagten alle ihre Blicke, alle ihre Mienen, alle ihre dahin abgerichteten, ausgesuchten, in ihrem Kabinett ausstudierten Reden; er will dich heiraten! Du wirst Brot bei ihm finden; es ist doch besser Frau Magistern heißen, als ledig bleiben, und er denkt honett. Er dachte aber nicht honett; er wollte diese steifen, abgezirkelten, ausgerechneten Schritte in den Stand der heiligen Ehe nicht tun, so sehr Algebraist er auch war—er wollte lieben. Er wollte Anheften, Anschließen eines Herzens an das andere ohne ökonomische Absichten—er wollte keine Haushälterin, er wollte ein Weib, die Freude, das Glück, die Gespielin seines Lebens; ihre Absichten gingen himmelweit auseinander; er steuerte nach Süden, sie steuerte nach Norden; sie verstunden sich kein einzig Wort. Doch glaubte sie ihn zu verstehen; alle seine Gefälligkeiten, alle seine Liebkosungen (denn was liebkost nicht ein Mensch in der Verzweiflung?) beantwortete sie mit einer stumpfen, kalten

Sprödigkeit, die ihn immer entweder mit Blicken, oder wohl gar mit Worten, auf den Ehestand hinauswies, als ob bis dahin keine Verschwisterung der Herzen möglich, oder vielmehr, als ob sie von keiner andern, als die hinter den Gardinen geschieht, einige Begriffe hätte. Der arme Mensch ging drauf, verzehrte sich in sich selber. Er mußte etwas lieben—Hier fing das Schreckliche seiner Geschichte an.

Seine Aufwärterin war ein junges, schlankes, rehfüßiges, immer heitres und lustiges Mädchen. Ihre Gutherzigkeit war ohne Grenzen, ihr Wuchs so schön als er sein konnte, ihr Gesicht nicht fein, aber die ganze Seele malte sich darin. Diese Ehrlichkeit, dieses sorgenfreier unendlich Aufmunternde in ihrem Auge verbreitete Trost und Freude auf allen Gesichtern, die sie ansahen; lesen mochte sie nicht, aber desto lieber tanzen, welches ihre Lebensgeister in der ihr so unnachahmbaren Munterkeit erhielt. In der Tat war ihr gewöhnlicher Gang fast ein beständiger Tanz, und wenn sie sprach, jauchzte sie, nicht um damit zu gefallen, sondern, weil das herzliche innerliche Vergnügen mit sich selbst und ihrem Zustande keinen andern Ausweg wußte. In ihrem Anzug war sie immer sehr reinlich, und an dieser Tugend sowohl, als selbst im Geschmack, ließ sie ihre Gebieterin unendlich weit hinter sich.—Wie vieles kommt auf den Augenblick an, zu wie vielen schrecklichen Katastrophen war nur die Zeit, die Verbindung kleiner, oft unwichtig scheinender Umstände die Lunte! Ach, daß unsere Richter, vielleicht in spätern bessern Zeiten, der göttlichen Gerechtigkeit nachahmend, auch dies auf die Waagschale legten, nicht die Handlung selbst, wie sie ins Auge fällt, sondern sie mit allen ihren Veranlassungen und zwingenden Ursachen richteten, eh' sie sie zu bestrafen das Herz hätten!—In einem der Augenblicke, wo die menschliche Seele an all ihrem Glück verzagt, brachte Marie (so hieß die Aufwärterin) Zerbinen den Kaffee aufs Zimmer. Der Herr des Hauses war eben mit seiner ganzen Familie zu einem Landfestin zwei Stunden vor der Stadt herausgefahren, von dem er vor Abend nicht wiederkam. Zerbin hatte den Morgen einem Bürger, der ihm zu einem Spazierritt schon vor einer Woche das Pferd geliehen, den letzten Groschen aus dem Beutel gegeben; es fiel ihm, als er sie tanzend hereintreten sah, ein, indem die Empfindung des Mangels kalt und grauenvoll über ihm schwebte, dieses gutartige holde Geschöpf könne wohl in dem Augenblick ebenso bedürftig sein, und aus Größe der Seele, oder aus jungfräulicher Schüchternheit, ihren Verdruß über das lange Außenbleiben seiner Bezahlung verbeißen: er fragte sie also mit einem ziemlich verwilderten Gesicht: "Jungfer! ich bin Ihr ja auch noch schuldig; wieviel beträgt's denn?"

Ob sie nun aus seiner Miene geschlossen, daß ihm die Bezahlung itzt wohl schwerfallen dürfte, oder ob etwas in ihrem Herzen für ihn sprach, das nur wünschte durch eine Handlung der Aufopferung sich ihm weisen zu können—

genug, sie wußte mit einer so eigenen Naivetät ein erstauntes Gesicht anzunehmen, die Hände so bescheiden zu falten, so beklemmt zurückzutreten, daß Zerbin selber drüber irreward. "Sie mir schuldig, mein Herr? seit wann denn?—Woher denn?"—"Hat Sie mir nicht fünf Gulden von Ihrem Lohn geliehen—und nachher noch fünfe von Ihrer guten Freundin verschafft?"—"Sie träumen. Ich glaube, die gelehrten Herren haben zuweilen Erscheinungen."—"Ich muß es Ihr bezahlen, Jungfer. Ich will meine Uhr versetzen."—Um meinen Leserinnen und Lesern dieses Betragen unserer artigen Bäuerin in ein besseres Licht zu setzen, müssen wir hier erinnern, daß sie Tochter eines der reichsten Schulzen aus einem benachbarten Dorf war, und nicht sowohl wegen des Lohns, als wegen alter Verbindlichkeiten, die ihr Vater dem Herrn vom Hause hatte, bei ihm diente.

Sie setzte sich hierauf in eine noch feierlichere Stellung, und tat die schrecklichsten Schwüre, daß er ihr nichts schuldig wäre; er sprang auf, weinte für Scham, Wut und Dankbarkeit; sie fing mit an zu weinen, sagte, wenn er wieder was nötig hätte, sollte er sich nur an sie wenden, sie hätte einen reichen Vaterbruder in der Vorstadt, sie würde schon Mittel finden, etwas von ihm zu bekommen; er schloß sie in seine Arme; ihr bebenden Lippen begegneten sich— Einsamkeit, Stille, Heimlichkeit, tausend angsthafte, freudenschaurige Gefühle überraschten sie; sie verstummten—sie gleiteten—sie fielen.

Diese Trunkenheit des Glücks war die erste und einzige, die Zerbinen für seine Lebenszeit zugemessen war, um ihn in desto tieferes Elend hinabzustürzen. Zwar wußten beide auch nachmals noch Gelegenheit zu finden, ihre Zärtlichkeiten zu wiederholen; aber wie der erste Schritt zum Laster, so mit Rosen bestreut er auch sein mag, immer andere nach sich zieht, so ging es auch hier. Zerbins hohe Begriffe von der Heiligkeit, aufgesparten Glückseligkeit, von dem Himmel des Ehestandes verschwanden. Die Augen fingen ihm, wie unsern ersten Eltern, an aufzugehen, er sah alle Dinge in ihrem rechten Verhältnis, sah bei der Ehe nichts mehr, als einen Kontrakt zwischen zwei Parteien aus politischen Absichten. Hortensia und ihr steifes Betragen hatte nun in seinen Augen gar nichts Widriges mehr, da der Vater eine ansehnliche Stelle im Magistrat bekleidete, und zehntausend Taler mitgeben konnte: er ward vernünftig. Er hatte die Liebe seiner Marie zum voraus eingeerntet; Liebe schien ihm nun ein Ingrediens, das gar nicht in den Heiratsverspruch gehörte; die große Weisheit unserer heutigen Philosophen ging ihm auf, daß Ehe eine wechselseitige Hülfleistung, Liebe eine vorübereilende Grille sei; eine Mißheirat schien seinem aufgeklärten Verstande nun ein ebenso unverzeihbares Verbrechen, als es ihm ehemals der Ehebruch und die Verführung der Unschuld geschienen hatten. In ein Dörfchen zu gehen, und mit seinem freundlichen Mariechen Bauer zu werden—oder dem Vorurteil aller honetten Leute in Leipzig Trotz zu bieten und seine schöne Bäuerin im Angesicht all seiner galanten Bekanntschaften zu heiraten—welch ein unförmlicher Gedanke für einen Philosophen, dem itzt erst die Fackel der Wahrheit zu leuchten anfing, der itzt erst die Beziehungen der Menschen, die Abweichungen der Stände, die Torheiten phantastischer junger Leute, die Irrtümer der Phantasei, und das unermeßliche Gebiet der Wahrheit im echtesten Licht übersah! Von dieser Zeit an faßte er den Entschluß, Professor der ökonomischen Wissenschaften, nebenan des Naturrechts, des Völkerrechts, der Politik und der Moral, zu werden. Saubere Moral, die mit dem Verderben eines unschuldigen Mädchens anfing! Er räsonierte nun ungefähr also:

"Der Trieb ist allen Menschen gemein; er ist ein Naturgesetz. Die Gesellschaft kann mich von den Pflichten des Naturgesetzes nicht lossagen, als wenn diese den gesellschaftlichen Pflichten entgegenstehen. Solange sie sich damit vereinigen lassen, sind sie erlaubt—was sage ich? sie sind Pflicht. Ich darf also die Achtung, die ich der Gesellschaft schuldig bin, nicht aus den Augen setzen. Folglich: wenn ich Marien dahin bringen kann, daß sie um einige Zeit eine Reise zu ihren Verwandten vorschützt, so sie insgeheim nach Berlin führe, wo ich gleichfalls meinen Vater zu besuchen habe, ihr dort ein Zimmer miete, das Kind auf die Rechnung meiner künftigen Erbschaft von dem und dem alten Bekannten meines Vaters in der Stille erziehen lasse—unterdessen wiederkomme und eine reiche Partie—Marie bleibt immer mein, und je verstohlner wir nachher zusammenkommen, desto süßer—Liebe hat ihre eigene Sphäre, ihre eigene Zwecke, ihre eigene Pflichten, die von denen der Ehe himmelweit unterschieden sind."

Er setzte sich sogleich hin, an seinen Vater zu schreiben, ihm durch die unvermutete Entdeckung, daß er noch lebte, eine Freude zu machen, und sich zugleich für seine bedrängten Umstände, und zu einer Reise nach Berlin, eine Hülfe von hundert Friedrichd'or auszubitten. In diesem Augenblick trat Marie ins Zimmer. Er kleidete ihr sein Projekt in solche lügen- und schmeichelhafte Farben ein, daß sie mit Tränen in alles willigte. Wiewohl sie ihm die Freuden eines eingezogenen, schuldlosen Lebens, in einem Dorf, wo ihr Vater ihn mit beiden Händen würde aufgenommen haben, mit Worten vormalte, die Steine erweicht haben würden: aber seine Politik drang diesmal durch. Sie wollten sich in Berlin so lange aufhalten, bis sein Vater tot wäre, und er förmliche Anstalten zu einer öffentlichen Verheiratung mit ihr machen könnte. Sie ergab sich endlich in seine höheren Einsichten, warf sich in seine Arme, drückte ihm ihre Liebe nochmals auf die Lippen, und erhielt von ihm die

Versiegelung seiner noch immer ebenso heftigen Leidenschaft.

Alles ging gut: er fing hierauf an, statt der verdrüßlichen Lehre von Potenzen und Exponenten, ein Kollegium über die Moral und eines über das Jus Naturae zu lesen, das ihm gar kein Kopfbrechen kostete, und ungemein gut von der Lunge ging. Er bekam einen Zulauf, der unerhört war, und es währte kein halbes Jahr, so ließ er für seine Lesestunden ein neues Kompendium der philosophischen Moral, gepfropft aufs Natur- und Völkerrecht, drucken, das in allen gelehrten Zeitungen bis an den Himmel erhoben ward. Unterdessen blieb das arme Mariechen, die Veranlassung aller dieser Revolutionen, ein unglückliches Mittelding zwischen Frau und Jungfer; ihre glückliche Lustigkeit verlor sich; die Rosen auf ihren Wangen starben; die Zeit ihrer Entbindung nahte heran; Zerbin fing an verlegen zu werden, wenn sie auf sein Zimmer trat. Ein unangenehmer Vorfall kam noch dazwischen.

Dem Hause des Herrn Freundlach gegenüber lag ein Kaffeehaus, das Hohendorf sowohl, als Altheim, in der Zeit ihrer ersten Bekanntschaft mit Renatchen, gleich nach dem Essen gewöhnlich zu besuchen pflegten. In der Zeit des Noviziats, da es bei beiden noch immer hieß:

Ich aber steh, und stampf, und glühe,
Und flieg im Geiste hin zu ihr,
Und bleib, indem ich zu ihr fliehe,
Stets unstet, aber immer hier,
Weil, bis mich Glück und Freundschaft retten,
Die oft ein langer Schlaf befällt,
Mich hier, mit diamantnen Ketten,
Das Schicksal angefesselt hält.

Uz.

Obzwar Hohendorf itzt fast gar keinen Zutritt in dem Hause mehr hatte, oder doch wenigstens von dem Idol seiner Wünsche allemal sehr frostig empfangen ward: so blieb doch ein gewisser Zauber um dieses Kaffeehaus schweben; er fühlte allemal nach dem Essen einen geheimen Zug hinzugehen, von dem er sich selbst nicht Rechenschaft zu geben wußte. Da sah er denn sein geliebtes Renatchen sehr oft mit Altheimen am Fenster, und rächte sich, oder glaubte sich mit verachtungsvollen Blicken recht herzlich an ihnen zu rächen. Altheim selbst kam auch noch bisweilen dahin, wenn Renatchen etwa sich nicht sprechen ließ, oder einen Besuch bei einer Verwandtin machte, die er nicht wohl leiden konnte, weil sie beiden immer so spitzfindige Reden gab.

An einem dieser Nachmittage kam Hohendorf mit Altheim in einem Billardspiel, wo mehrere Personen um den Einsatz spielten, in einer sogenannten Guerre zusammen, und es traf sich unglücklicherweise, daß die beiden Nebenbuhler grade aufeinander folgen mußten. Hohendorf, der schon lang eine Gelegenheit an Altheim suchte, machte, ohne daß es ihm selbst Vorteil brachte, seinen Ballen, welches wider die Regel vom Spiel ist. Altheim zeigte seinen Verdruß darüber; Hohendorf schüttelte lächelnd den Kopf; als die Reihe wieder an ihn kam, machte er, nun wirklich unversehens und wider Willen, den Ballen des Altheim zum andernmal. Altheim, fest versichert, daß dies in der Absicht geschehe, ihn zu beleidigen, warf ihm den Billardstock ins Gesicht; sie griffen nach den Degen; man trennte sie; den andern Morgen ritten sie vor der Stadt hinaus ins Rosental, sich auf Pistolen zu schlagen, wo Altheim so glücklich oder so unglücklich war, seinen Gegner zu erlegen, und sich ungesäumt aus dem Staube machte, ohne nachher, weder seiner Geliebten, noch unserm Zerbin, seinem Mentor, jemals mit einer Silbe Nachricht von sich zu geben.

Zerbin wußte also auch die anderweitigen Schulden, die er, auf die Rechnung der vom Grafen zu bekommenden rückständigen Pension, gemacht hatte, nicht zu bezahlen; er mußte eine ganz andre Haushaltung anfangen. Um seinen

Hausherrn in guter Laune zu erhalten, redete er nun, bisweilen rätselhaft, bisweilen ziemlich deutlich, von gewissen Absichten, die er auf seine Tochter hätte, deren Jugend und Schöne sehr stark zu sinken anfing. Sobald Marie bei ihren geheimen Zusammenkünften sich unruhig darüber bezeigte, wußte er sie mit der Notwendigkeit dieser Maskerade zufrieden zu sprechen, damit ihn der Herr des Hauses nicht wegen Hausmiete und Kostgeld mahnte, welches in der Tat auch nicht erfolgte, und seine Sicherheit und stillschweigende Verbindlichkeit gegen Hortensien immer größer machte. Seine ganze Hoffnung, der letzte Anker, den er ausgeworfen, stand nun auf die Antwort von seinem Vater. Man stelle sich Mariens Entzücken vor, als sie ihm selbst den Brief aus Berlin von dem Posthause brachte, und den Übergang zu ihrer Verzweiflung, als sie nun aus seinem Munde hörte, daß auch hier der Tau zerrissen sei. Sein Vater war, durch einen der kühnsten Diebstähle, da man ihn selbst und seine alte Magd geknebelt hatte, rein ausgeplündert worden, und itzt im allerkümmerlichsten Mangel, da er, wegen seines bekannten Wuchers, bei niemand einmal Mitleiden fand. Er bat seinen Sohn, ihn, wo möglich, mit Geld zu unterstützen, oder zu sich nach Leipzig kommen zu lassen. Es blieb Marien nichts übrig, als Weinen und Schluchzen; sie warf sich ihm zu Füßen; er sollte mit ihr in ihr Dorf gehen, um ihr bei ihrem Vater Vergebung zu verschaffen. Alles war umsonst; er stellte ihr vor, daß eine Geschichte von der Art, wenn sie bekannt würde, ihn unfehlbar um seine Stelle bei der Universität bringen würde, daß er sich durch sein Ansehen, durch seinen Kredit, durch seine Gelehrsamkeit wohl noch so weit bringen würde, sein berlinisches Projekt mit ihr auch hier in Leipzig auszuführen, daß er ein Werk unter der Presse hätte, für welches ihm der Buchhändler dreihundert Taler geboten, daß er die zur Erziehung des Kindes verwenden wolle, daß sie ihm versprechen solle, sich an ihre Freundin in der Vorstadt zu wenden, ihr ihren Zustand zu gestehen, eine schleunige Krankheit bei ihr vorzuschützen, unter dem Vorwand in ihrem Hause zu bleiben, bis die Entbindung vorüber wäre, und unter der Zeit eine andere Magd in ihre Stelle zu mieten usw. Sie versprach alles aus Liebe zu ihm; sie ging von ihm, fest entschlossen, allen möglichen Stürmen des Schicksals Trotz zu bieten, um ihm seine Ehre und guten Namen in der Stadt zu erhalten; an den ihrigen dachte sie nicht einmal. Ihre Hände noch naß von den Tränen, mit denen er sie beschworen hatte, die Sache geheimzuhalten, dachte, sah, begriff sie keine Schwierigkeiten bei dieser Sache, fing sogleich an, den Anfang ihrer Rolle zu spielen, und sich bei ihrer Jungfer über Kopfweh und Fieberschauer zu beklagen. Den Nachmittag hatte sie den Plan gemacht, ihrer Freundin einen Besuch zu geben, und da, gleich als ob sie unvermutet von einem hitzigen Fieber überfallen wäre, sich zu Bette zu legen.

Aber wie wenig wußte das gute Mädchen, was sie versprochen hatte! Als sie zu ihrer Freundin kam, fand sie sie eben im Ausräumen begriffen, weil sie ihre Miete aufgesagt hatte, und ein anderes Haus beziehen wollte. Mann und Frau hatten, wie es bei dergleichen Gelegenheit zu gehen pflegt, Händel zusammen bekommen, und maulten itzt miteinander. Sie ward mit einem bewölkten Gesicht empfangen; die Furcht, ihr zur ungelegenen Stunde zu kommen, verschloß ihr den Mund. Das Herz entfiel ihr; all ihre Anschläge verwirrten sich, sie wußte nicht aus noch ein. Sie sagte ihrer Freundin, daß ihr nicht wohl wäre; sie ward kaltsinnig bedauert. Ach, ein Ton der Stimme, eine trockene Miene ist, in dergleichen Gelegenheiten, schüchternen und zarten Seelen ein Donnerschlag! Sie kam halb ohnmächtig wieder nach Hause, und doch liebte sie Zerbinen zu sehr, um ihn durch Erzählung dieses ersten mißlungenen Versuchs in Bekümmernis zu setzen. Sie sah nun ihr Schicksal als eine Strafe Gottes für ihren Leichtsinn an, der höchste Grad der Melancholei, und fand ihren Trost, ihre Wollust in verborgenen Tränen. Sie wagte es dennoch, nach ein paar Tagen zum andernmal hinzugeben, nachdem sie Zerbinen eingebildet hatte, es sei alles schon in Richtigkeit: sie fand Ihre Freundin nicht zu Hause. Auch dies sah sie als etwas Übernatürliches an; ihr Herz entfiel ihr immer mehr; es war, als ob ihr jemand zuriefe: du sollst dich deiner Freundin nicht entdecken!—O Richter, Richter, habt ihr die Gefühle eines jungen Mädchens je zu Rat gezogen, wenn ihr über ihre

Tat zu sprechen hattet! Ahndet ihr, was das heißt, seine Schande einer andern entdecken, was für Überwindung das kostet, was für ein Kampf zwischen Tod und Leben in einer weiblichen Seele, die noch nicht schamlos geworden ist, da entstehen muß? Sie faßte nun den Vorsatz, in die Hände Gottes, nicht in die Hände der Menschen zu fallen, wie sie nachher ihrem Beichtvater selber gestanden hat. Sie wollte sich ihrem Schicksal überlassen, und das Schlimmste abwarten, ohne Zerbin oder irgend einem Menschen ein Wort davon zu sagen.—Die Taschen, die damals auch Personen geringen Standes durchgängig trugen, verhehlten ihren Zustand; kurz, die Frucht ihrer verbotenen Vertraulichkeit kam, nach ihrem letzten Geständnis, tot auf die Welt.

Nach den Gesetzen ist eine verhehlte Schwangerschaft allein hinlänglich, einer Weibsperson das Leben abzusprechen, wenn man auch keine Spur einer Gewalttätigkeit an dem Kinde gewahr wird. Marie hatte das ihrige in der Geschwindigkeit ins Heu verbergen wollen, da eben das Haus, wegen eines Schmauses in der Vakantzeit, voller Gäste war, und sie alle Augenblicke gebraucht wurde. Der Kutscher war in ihrer Abwesenheit auf den Heuboden gestiegen, den Pferden etwas Futter zu langen, und er war der erste Angeber dieses unglücklichen Mädchens.

Sie ward gefänglich eingezogen: Zerbin ließ sich nichts merken. Man stelle sich die Entschlossenheit, die Großmut, die Liebe dieses unglücklichen Schlachtopfers vor: sie war durch keine Mittel dahin zu bringen, den Vater ihres Kindes herauszugeben. Alle Klugheit, alle Strenge der Obrigkeit war umsonst; nichts als unzusammenhängende Erdichtungen konnten sie aus ihr bringen. Das war eine Szene, als ihr Vater, der Schulz aus dem Reichsdorf, zu ihr ins Gefängnis trat.

"Du Alleweltsh—", war sein Willkomm, "was machst du hier? Hab ich dich so gelehrt, Gottes Gebot aus den Augen setzen?"

Sie weinte.

"Durch Henkershand dich verlieren—Wer ist der Vater dazu gewesen, sag mir's! Gottes Gericht soll mich verfolgen, wo ich es nicht so weit bringe, daß der Kerl"—hier kniff er die Daumen ein, sah in die Höhe, biß die Zähne zusammen, und Schaum trat ihm vor den Mund.

Sie weinte immer fort.

"O du Gottsvergessene—nenn mir den Kerl nur!"—Er setzte sich bei ihr auf eine zerbrochene Tonne nieder.

"Ich weiß ihn nicht, Vater, ich kenn ihn nicht."

"Du kennst ihn nicht—so wird Gott ihn finden, Gottes Gericht ihn finden! Du kennst ihn nicht? Du wirst dir doch nicht im Schlaf so was haben anräsonieren lassen—Meine einzige Tochter auf dem Schafott—Nenn mir ihn, sag mir ihn, ich will ihm nichts zu leide tun! "—"Freilich war's so gut als im Schlaf, Vater, im Rausch, Vater! als wir von einer Hochzeit kamen. Es war ein Schuhmachersgesell, den Mainzer nennten sie ihn."

"Gott wird ihn finden, den Schuhmachersgesellen—O mein Kind, mein Kind!" Hier umarmte er sie heulend, und drückte sie, unter erschrecklichem Schluchsen, zu wiederholten Malen an sein Herz. "Wenn ich mich hier in deine Stelle setzte, du bist jung; du kannst noch lange leben—"

"Ich überlebte es nicht—"

"Ich hatte dir mein neues Haus zugedacht; es ist unter Dach; du sollst mir den Nagler Rein heiraten; es ist ein junges frisches Blut, und hat dich jederzeit so lieb gehabt. Alle Abend bin ich mit meinem alten Weibe hinspaziert, und haben nach dem Bau gesehen und von dir geredt, wie wir im Winter so vergnügt miteinander leben, und fleißig zueinander zu Licht gehen wollten. 'Ich habe noch fünf Pfund von dem schönen weißen Flachs; die soll sie mir abspinnen helfen', sagte sie. 'Sie wird doch itzt in der Stadt nicht so galant geworden sein, daß sie das Spinnrad nicht mehr in die Hand nehmen darf'—ach, du gottloses Kind! es war, als ob sie das im prophetischen Geist gesagt hätte."

Sie, auf seine Hand weinend: "Könnt Ihr mir denn nicht verzeihen, Vater?"

"Er, der Nagler Rein, stund denn so dabei und lächelte, und die Tränen quollen ihm in die Augen. Sag ich doch, es war, als ob's uns allen geahndt hätte."

"Grüßt den guten Rein, sagt, ich werde noch in der Ewigkeit für ihn beten, daß er eine bessere Frau bekomme, als ich ihm gewesen wäre. Sagt ihm, es soll ihm nicht leid sein um mich."

"Wem sollt' es nicht leid sein um dich." Hier heulte er wieder an ihrem Halse. "Darf deine Mutter auch kommen, dich zu sehen?"

"Meine Mutter—wo ist sie—wo ist meine gute Mutter? Geschwind laßt sie hereinkommen! Ich habe nicht lange mehr hier zu bleiben."

Walter (so hieß der Alte) schlug in die Hände. "Ist denn keine Gnade, kein Pardon nicht möglich? Ich will mich dem Gerichtsherrn zu Füßen werfen—"

"Meine Mutter, Walter!—Ich schwör Euch, es stirbt kein Mensch so gern als ich"—sie flog an die Tür: "Meine Mutter! Laßt meine Mutter hereinkommen!"

Hier traten die Mutter und einige Verwandtinnen herein; es ging ein allgemeines Geheul an, das den Kerkermeister selber aus seiner Fassung brachte, daß er das Zimmer verlassen mußte. Die grausame Stunde rückte heran. Man sprach noch immer in der Stadt davon, sie würde Gnade bekommen; bis zum letzten Augenblick, noch da ihr die Augen verbunden wurden, stand das Volk in dieser Erwartung; man konnte es nicht begreifen, nicht fassen, daß eine so liebenswürdige Gestalt unter Henkershänden umkommen sollte; der Prediger war nicht imstande, ihr ein einziges Trostwort zuzusprechen—vergeblich! Die Gesetze waren zu streng, der Fall zu deutlich; sie ward enthauptet.

Sie hat bis an den letzten Augenblick die liebenswürdige, milde Heiterkeit in ihren Mienen, sogar in ihrer ganzen Stellung, in dem nachlässigen Herabsinken ihrer Arme und des Haupts, noch beibehalten, die ihren Charakter so vorzüglich auszeichnete. Sie stand da, etwa wie eine von den ersten Bekennerinnen des Christentums, die für ihren Glauben Schmach und Martern getrost entgegensahen. Sie wandte sich noch oft sehnsuchtsvoll herum, gleich als ob ihre Augen unter dem gedrängten Haufen Volks jemanden mit Unruhe suchten. Jedermann sagte, sie suche ihren Liebhaber, und die nah bei ihr gestanden, versichern, sie haben sie noch in den letzten Augenblicken einen Namen sehr undeutlich aussprechen hören, der von einem heftigen Tränenausbruch begleitet wurde. Sie hielt sich sodann eine Minute die Hand vor die Augen, welche sie hierauf, wie außer sich, halb ohnmächtig dem Scharfrichter reichte, weil sie sich nicht mehr auf den Füßen erhalten konnte. Er band ihr die Augen zu—und die schöne Seele flog gen Himmel.

Zwei, drei Tage war alles in der Stadt in Bestürzung; man sprach in allen Gesellschaften von nichts, als der schönen Kindermörderin. Man schrieb Gedichte und Abhandlungen über diesen Vorfall: Zerbin ging bei alledem wie betäubt umher, das gewöhnliche Schicksal abgewürdigter Seelen, wenn sie in außerordentliche Umstände kommen. Wenn ich einen Roman schriebe, so würde ich es nimmer wagen, meine Geschichte mit einem Selbstmorde zu schließen, um den Verdacht der Nachahmung zu vermeiden, da diese Saite nun einmal von einer Meisterhand ist abgegriffen worden. So aber darf ich mich von meiner Urkunde nicht entfernen, und welch ein Unterschied ist es nicht mit alledem unter einem Selbstmorde, der, durch die Zaubereien einer raphaelischen Einbildungskraft, zu einer schönen Tat ward, und das höchste Glück des Liebhabers beförderte, und unter einem, der nichts, als die gerechte Folge einer schändlichen Tat, und mehr wie eine Strafe des Himmels, als wie ein Fehltritt einer verirrten Leidenschaft anzusehen war! Er kroch, unter der Last seiner Schuld, und der ihm allein empfindbaren Vorwürfe aller seiner Zeitverwandten, stumm und sinnenlos zu der ihn erwartenden Schlachtbank. Folgende Papiere, die man in seinem Schreibpult gefunden, können dennoch einiges Mitleiden für ihn rege machen. Wir wollen sie, unter den Zeichen A und B, nach Mutmaßung der Zeit, in der sie geschrieben sein können, hier einrücken.

"A. Ich komme zu dir, meine Marie—ich komme, mich mit dir vor denselben Richterstuhl zu stellen, und von dir mein Urteil zu erwarten. Die Welt verdammt mich, es ist mir gleichgültig, aber du—solltest du keine Verzeihung für mich haben, Heilige!—So soll es mir süß sein, wenigstens von dir meine Strafe zu erhalten. Du allein hast das Recht dazu.

B. Ich schreibe dieses, sie vor den Augen der ganzen Welt zu rechtfertigen. Unsere Ehe war kein Verbrechen; zwar war sie von keiner Priesterhand eingeweiht, aber durch unverstellt brennende Küsse versiegelt, durch fürchterliche Schwüre bestätigt. Dieser Lehnstuhl, an dem wir beide auf den Knieen gelegen, dieses Bette, auf dem ich mich noch heulend herumwälze, sind Zeugen davon. Ich war die einzige Ursache, daß unsere Verbindung nicht öffentlich bestätigt ward—meine eingebildete Gelehrsamkeit, mein Hochmut waren die einzigen Hindernisse. Ich schmeichelte ihr, ich würde sie nach Berlin bringen, und meinem Vater vorstellen, bloß um ihre Wünsche, ihre Bitten in die Länge zu ziehen. Ich kann nicht trauren über alles dieses; mein Herz ist zu hart. Aber daß sie mich nicht verraten hat, daß sie für mich gestorben ist, war zu großmütig; das verdiente ich nicht! Ich eile ihr das zu sagen—ich warne alles Frauenzimmer vor einer so grenzenlosen Liebe gegen unwürdige Gegenstände. Ich wollte ihr nichts aufopfern; sie opferte mir alles auf. Ich kann mich nicht hassen, aber ich verachte mich!"

Er schlich, ohne einem Menschen ein Wort zu sagen, in trübsinniger Schwermut einige Tage hin, sprach selbst von dieser Geschichte mit Hortensien und andern, wiewohl allemal sehr kurz. Am dritten Tage abends kam er nicht zu Hause; den vierten Tag ward am Morgen seine Leiche in dem zu der Zeit mit Wasser angefüllten Stadtgraben gefunden, in den er sich vom Wall herabgestürzt hatte. Jedermann erschrak; bis endlich, bei Durchsuchung seiner hinterlassenen Papiere, den Leuten die Augen aufgingen. Hortensia ward schwermütig, und Renatchen soll nach der Zeit die Religion verändert haben, und in ein Kloster gegangen sein.